Meine Kindheit
im
Paradies

Bibliografische Information der Deutschen Nationalbibliothek: Die Deutsche Nationalbibliothek verzeichnet diese Publikation in der Deutschen Nationalbibliografie; detaillierte bibliografische Daten sind im Internet über https://portal.dnb.de/opac.htm abrufbar.

Text und Layout: Karl Miziolek
Fotonachweis: Karl Miziolek, außer Seite 35: Bezirksmuseum Brigittenau, Trammuseum Wien; Seite 67: Helmuth Welzmüller

Alle Rechte vorbehalten.

Herstellung und Verlag:
BoD – Books on Demand, Norderstedt

ISBN 9783735777829

© 2011-2019 Karl Miziolek

Karl Miziolek

Meine Kindheit
im
Paradies

Autobiografische Erzählung
2., neu bearbeitete Auflage

Inhalt

5	Über dieses Buch
7	Meine Kindheit im Paradies
13	Schulzeit im Waldviertel
17	Die Welt der Erwachsenen
24	Fliegerangriff
28	Rückkehr nach Wien
34	Der Alltag
39	Verpasste Karrieren
43	Bei den Engländern
45	Fußball
49	Endlich wieder Ferien
57	Heimkehr des Vaters
61	Am Nebelstein
69	Fallgrube
75	Theaterprojekt
78	Gewitter
80	Ein neuer Lebensabschnitt

Über dieses Buch

Es ist immer schwierig, Erinnerungen an weit zurückliegende Ereignisse in die richtigen Worte zu fassen.

Auch mir erging es nicht anders, als ich damit begann, etwas aus meiner Kindheit niederzuschreiben.

Wenn man im fortgeschrittenen Alter wieder an jene Orte zurückkommt, wo man einen Großteil seiner Kindheit verbrachte, wird vieles, das vergessen schien, wach und man erzählt gerne darüber.

Doch oft spielen uns dabei die Gedanken einen Streich, Ort und Zeit bleiben unbestimmt wie schemenhafte Gestalten im Nebel. Erinnert man sich heute an die kindlichen Erlebnisse, so wird manches, was damals dramatisch war, zur verklärten Nostalgie.

Wenn man im Geiste die alten Wege geht, sieht man andererseits plötzlich Dinge am Wegesrand, die man damals nicht gesehen oder nicht beachtet hat. Früher hatten sie keine besondere Bedeutung, aus heutiger

Sicht sind es interessante Meilensteine des beginnenden Lebensweges.

Nun lade ich Sie, liebe Leserinnen und Leser, ein, sich mit mir gemeinsam auf den Flügeln meiner Erinnerung auf die Reise ins

    „Paradies der Kindheit"

zu begeben. Erzählen und lauschen wir gleichzeitig.

    Karl Miziolek, 2019

Meine Kindheit im Paradies

Wer kann schon von sich behaupten, seine Kindheit im Paradies verbracht zu haben?

Doch ich wage es, denn das Waldviertel, der nordwestliche Teil von Niederösterreich, in dem ich den Großteil meiner Kindheit verlebt habe, empfand ich damals, wie auch heute noch, als paradiesisch. Die Eltern meiner Mutter lebten dort als Landarbeiter auf einem Gutshof eines deutschen Fürstenhauses.

Ich wurde 1937 in Wien geboren. Mein Vater Karl, dessen Namen ich trage, war Handelsangestellter, meine Mutter Barbara arbeitete als Dienstmädchen.

Meine Eltern wohnten seit ihrer Hochzeit im Jahre 1935 in einem Gemeindebau im 10. Wiener Bezirk. Nach dem Anschluss Österreichs an das Deutsche Reich drei Jahre später erhielt mein Vater die Einberufung zum Militärdienst. Anfangs war mein Vater ganz in der Nähe von Wien stationiert. Zu unserer Freude durften wir ihn öfter besuchen. Ich hatte das Gefühl, er wäre nur für längere Zeit verreist.

Besuch in der Kaserne

Vom Krieg und seinen Tod bringenden Geschäften hatte ich in meinem kindlichen Alter keinerlei Ahnung. Ich erinnere mich, dass mein Vater viel mit mir gespielt hat, wenn wir ihn in der Kaserne besuchten.

In dieser Kaserne war eine Reitereinheit untergebracht. Er zeigte mir die Pferde, die sich wie Riesen vor mir aufstellten und mich mit ihren klugen Augen eindringlich betrachteten. Die großen Tiere wurden bald zu meinen liebsten Freunden. Obwohl sie mich um ein Vielfaches überragten, verlor ich bald jegliche Angst vor ihnen und freute mich immer, wenn ich sie sehen durfte. Da ich auch gerne auf ihnen geritten wäre, das aber in meinem damaligen Alter nicht durfte, bot sich mein Papa einmal als Pferd an und „galoppierte" mit mir über die Wiese. Ich hatte einen Heidenspaß und nutzte jede erneute Gelegenheit dazu.

Doch die Zerstörungen des Krieges machten vor der schönen Stadt Wien nicht Halt. Meine Mutter beschloss, mit mir zu meinen Großeltern Theresia und Peter ins Waldviertel zu ziehen.
Meine Oma und mein Opa waren zwei herzensgute Menschen, die ich über alles liebte und bei denen ich mich auch sehr wohl fühl-

te. Besonders wenn Mama weg war, genoss ich die ganze Liebe der Oma, die trotz ihrer kargen Freizeit immer für mich da war. Mein Opa war ein stattlicher Mann mit einem schwarzen Schnurrbart, den ich immer frisieren durfte, was mir riesige Freude bereitete. Trotz seiner schwieligen Hände konnte er mir auch zärtlich übers Haar streichen, wenn er mich trösten wollte. Vieles, was ich heute über den Wald, die Holzgewinnung und über Tiere und Pflanzen weiß, habe ich von ihm gelernt. Immer und immer wieder erklärte er mir, wie das alles zusammenhing, und wurde nicht müde, meine nicht endenden Fragen zu beantworten.

Dort, bei meinen Großeltern, ging es wesentlich ruhiger zu und es schien auch viel weniger gefährlich zu sein als in Wien. Die Arbeit auf den Feldern war damals für meine Großmutter schon recht anstrengend, sodass meine Mutter ihr bei der Feldarbeit und im Haushalt zur Hand ging. Doch manchmal fuhr meine Mutter für einige Zeit nach Wien. Mein Vater durfte nämlich noch öfter zu einem Kurzurlaub heimfahren, bis er verlegt wurde und an die Front kam.

Ich vermisste meine Mutter schrecklich, aber bei meinen Großeltern fehlte es mir an nichts, und ich wusste ja, sie würde wiederkommen. Und ich verstand auch, dass sie meinem Vater gern sehen wollte. Das wollte ich zwar auch, aber ich sah es ein, als sie mir erklärte, in Wien sei es für einen kleinen Buben wie mich schon viel zu gefährlich.

Als meine Mutter im Sommer 1943 aus Wien zurückkam, war sie ungewöhnlich lange ausgeblieben. Opa holte sie wie immer vom Bahnhof ab. Da dieser etwa 3 km vom Gutshof entfernt war, benutzte er einen kleinen Leiterwagen für das Gepäck, den er hinter sich herzog. Zu meinem ungläubigen Erstaunen und zur Freude aller brachte sie mir ein Brüderlein mit. "Schau einmal, das ist dein Bruder Helmut", sagte sie. Er war jetzt der Mittelpunkt, alle kümmerten sich um ihn. Ich jedoch hatte ganz andere Sorgen.

Ein neuer Lebensabschnitt lag vor mir, meine Einschulung. Die Schule war weit entfernt vom einsam gelegenen Hof, auf dem wir lebten. Ich sollte jeden Tag einen Schulweg von etwa zwei Kilometern über Wiesen und durch einen kleinen Wald bewältigen, und das zwei Mal am Tag. Ich fühlte mich plötzlich ein bisschen erwachsen, umso mehr, als ich ja jetzt einen kleinen Bruder hatte. Von Tag zu Tag freute ich mich mehr über die Tatsache, dass ich jetzt nicht mehr allein war – obwohl ich zugeben muss, dass es manchmal meine Freude sehr dämpfte, wenn die Aufmerksamkeit meiner lieben Familie mehr dem Kleinen als mir galt.

Mein Schulweg im Waldviertel

Schulzeit im Waldviertel

Ich besuchte eine Volksschule mit nur einem Klassenzimmer, in dem alle Schulstufen vereint waren.
Unsere Lehrerin und auch wir Kinder waren nicht sehr begeistert von der neuen Situation. Die Lehrerin machte kein Hehl daraus, dass sie es nicht förderlich fand, auch Kinder aus Wien unterrichten zu müssen, was ich und drei weitere Wiener Kinder meiner Erinnerung nach auch immer zu spüren bekamen. Stadtkindern haftete in den Augen der Einheimischen anscheinend etwas Verruchtes, Unanständiges an, das die heile dörfliche Welt zu beflecken drohte. Noch heute verspüren ja Stadtmenschen vielerorts ein gewisses Misstrauen der Landbevölkerung, wenn sie sich dort niederlassen möchten, wegen ihrer Kleidung, Aussprache und städtischen Mentalität.

Der Gutshof, auf dem wir lebten, war ein großer, langgestreckter Vierseithof mit zwei weiten, einander gegenüberliegenden Toren an den Schmalseiten. Das „Haupttor" schaute nach Osten. Die Tore waren so breit, damit auch große Fuhrwerke aus- und einfahren

oben: Westtor des Gutshofs, links davon die Wohnungen
unten: Nordseite. Der Hof ist heute nicht mehr bewohnt

konnten. In der hinteren, westlichen Hälfte des Hofes waren drei Wohnungen und das Wasserhaus untergebracht. Fließendes Wasser aus der Leitung ist ein Luxus der heutigen Zeit. Wir mussten das Wasser täglich aus dem Brunnen holen.

Neben dem hinteren Tor waren zwei Wohnungen, eine davon bewohnten meine Großeltern. Auf der anderen Seite und im vorderen Teil waren Stallungen für die Pferde, Kühe und Ochsen, daneben die Wohnung des Jägers. Insgesamt lebten sechs Familien auf dem Hof, darunter die des Gutsverwalters.

Auch unsere Nachbarn auf dem Hof hatten Kinder. Einige waren in meinem Alter, andere älter. Wir hatten sehr viel Spaß und Freiheit beim Spielen, die wir auch reichlich nutzten. Es gab herrliche alte Kirschbäume, auf denen wir herumkletterten, und viele Kleintiere wie Kaninchen und Hühner, für deren Betreuung wir uns zuständig fühlten.

Mein Großvater war Forstarbeiter und daher jeden Tag von früh bis spät bei der Arbeit im Wald. Der Wald begann gleich neben dem Hof. Zu meiner großen Freude durfte ich den Opa dort oft besuchen und ihm bei der Arbeit zusehen, sofern er nicht zu weit weg war. Der Wald erschien mir damals unendlich groß und unheimlich.

Vormittags besuchte ich die Schule, nachmittags machte ich mich nützlich, spielte mit den anderen Kindern oder war bei meinem Großvater. Mein Tag war daher reichlich ausgefüllt. Der Schulalltag jedoch forderte meine ganze Kraft, wie auch die folgende Geschichte zeigt.

Die Welt der Erwachsenen

Es war an einem Morgen im Winter 1943. Ich musste, wie jeden Tag außer Sonntag, in die Schule. Das allein war schon Grund genug, diesen Tag nicht sonderlich zu lieben, aber als ich durch das kleine Küchenfenster die Schneemassen sah und mir bewusst wurde, dass ich jetzt fast eine dreiviertel Stunde lang durch diese „weiße Hölle" gehen sollte, sank meine Laune augenblicklich auf den Nullpunkt. Eigentlich ging ich ganz gern zur Schule, aber der scheinbar endlose Weg durch den Schnee war jedes Mal eine Tortur. Außerdem verspürte ich seit einem Tag bei jedem Schritt einen Stich in der Leiste. Dazu hatte ich ein flaues Gefühl, als hätte ich mir den Magen verdorben.

Ich suchte verzweifelt nach Ausreden, um nicht in die Schule gehen zu müssen. Von den Schmerzen zu erzählen wäre mir als Eingeständnis der Schwäche erschienen und so probierte ich alles, um den Gang zur Schule mit den üblichen Ausflüchten abzuwenden. Vergebens, immer wieder hielt mir meine Mutter entgegen: „Wir mussten als Kinder auch jeden Tag in die Schule gehen, und unser Weg war noch weiter. Wir hatten nur Holzschuhe an den Füßen und oft nicht einmal einen Mantel!"

Obwohl ich die besondere Ursache meiner Unlust, an diesem Tag zur Schule zu gehen, verschwieg, hatte ich gehofft, dass meine Mutter meinen Zustand erkennen würde. Doch niemand bedauerte mich, fand, dass ich schlecht aussähe, niemand fragte, was denn mit mir los sei – nichts. Ich stand ratlos vor der simplen Gedankenwelt der Erwachsenen und wusste mir keinen Rat. So litt ich still vor mich hin, ärgerte mich über die Nichtbeachtung seitens meiner sonst so liebevollen Familie und verkroch mich in meinem Selbstmitleid, während ich mich in mein Schicksal fügte und losstapfte. Hin und wieder musste ich anhalten, weil der Schmerz in der Leiste immer heftiger wurde und ich meine Kräfte schwinden spürte.

In der Schule angekommen, mussten wir als Erstes unsere Schuhe und Strümpfe ausziehen, um sie vor dem Ofen zum Trocknen aufzuhängen. Da gab es immer ein Gedränge, weil sich ja alle Schulstufen dasselbe Klassenzimmer teilten. Die Großen wussten sich zu behaupten, ihre Jacken und Mäntel trockneten nahe beim Ofen. Meine Sachen hingen irgendwo und blieben bis Schulschluss feucht und klamm.

Da meine Schmerzen und mein Groll meine ganze Aufmerksamkeit beanspruchten, folgte ich natürlich auch kaum dem Unterricht, was mir eine saftige Strafe einbrachte: Ich musste nachsitzen. Danach trat ich noch unmutiger den Heimweg an. Ich muss zugeben, ich hatte auch ein wenig Angst davor, so allein durch den Wald zu gehen. Von überall her vernahm ich seltsame Geräusche, das Knacken von Ästen, das Poltern von herabfallendem Schnee und Tierstimmen, die ich nicht zuordnen konnte. Ich begann laut zu singen und zu pfeifen und trachtete, schnell auf das freie Feld zu kommen, wo ich mich wohler fühlte.
Die Kinder der Nachbarn, die ja bereits zur üblichen Zeit daheim waren, hatten natürlich gleich mit großer Schadenfreude meiner Mutter von meinem Nachsitzen erzählt. Kaum war ich zur Türe hereingekommen, bekam ich eine gewaltige Standpauke zu hören. Irgendwie schien sich an diesem Tag alles gegen mich verschworen zu haben.

Ich bekam Sehnsucht nach meinem Vater, nach Wien, ich wollte zurück in mein behütetes Leben, als die Welt noch in Ordnung war.

Am Abend begann ich endlich über die kaum mehr erträglichen Schmerzen in der Leiste zu klagen, aber mein Gejammer wurde nur als weitere Ausrede empfunden, um vielleicht am nächsten Morgen doch nicht zur Schule zu müssen. Ich ließ mich aber nicht mehr davon abbringen, mittlerweile war es mir auch egal, ob ein Indianer den Schmerz kennt oder nicht. Wenigstens konnte ich meinen Zustand auch beweisen, denn in meiner linken Leiste hatte sich eine große Beule gebildet, die sehr weh tat und mir jeden Schritt zur Qual machte. Verschämt zeigte ich meiner Mutter, was mich so plagte.

Inzwischen war es finster geworden. Im Schein einer Petroleumlampe, denn elektrischen Strom gab es dort erst viele Jahre später, konnten alle sehen, dass ich doch nicht simulierte und es mir wirklich schlecht ging. Aber jetzt war meine Mutter wieder die, die ich so liebte, fürsorglich und aufopfernd. Kaum hatte sie das Ungetüm an meiner Leiste gesehen, hatte sie schon den Mantel an und stürmte hinaus, um Hilfe zu holen. „Ich gehe zum Verwalter", rief sie beim Hinauslaufen.
Im Jahr 1943 war natürlich keine Rede davon, etwa schnell den Notarzt zu rufen. Der Verwalter besaß als Einziger ein Telefon zum

Kurbeln, das mit dem etwa sechs Kilometer entfernten Schloss verbunden war. In größtmöglicher Eile wurde auf diese Weise eine „Rettungsaktion" für mich in die Wege geleitet. Nach dem Anruf im Schloss konnten wir nur noch warten. Die Verständigung eines Arztes war eine Sache, ob und wie der Arzt allerdings in der Nacht den weiten Weg hierherkommen konnte, noch dazu im tiefsten Winter, war eine andere.

An Schlaf war nicht zu denken, doch irgendwie genoss ich es auch, im Mittelpunkt zu stehen, als ich sah, dass wegen mir alle besorgt in der Küche versammelt waren. Das Nächste, an das ich mich erinnere, der Morgen dämmerte schon herauf, also musste ich doch eingeschlafen sein, plötzlich hörte ich meinen Opa sagen: „Der Doktor ist da!"

Der Arzt stand plötzlich in der Küche. Ich erinnere mich an ihn als einen uralten Mann mit einem weißen Vollbart, aber einem unendlich gütigen Gesicht. Der Verwalter des Schlosses hatte ihn trotz der widrigen Umstände mit einem Pferdeschlitten hergebracht.
„Dann lass mich das einmal anschauen", sagte er zu mir, und nach genauer Betrachtung meinte er: "Das müssen wir sofort operie-

ren." Ich hatte keine Ahnung, was er damit meinte, aber die besorgten Mienen der umstehenden Erwachsenen verhießen nichts Gutes.

Jetzt geschah alles wie in einem Traum. Der Küchentisch wurde schnell abgeräumt und ein weißes Leintuch darüber gebreitet. „Ich brauche aber mehr Licht", meinte der Doktor ganz ruhig und schaute die Umstehenden fragend an. Von den Nachbarn wurden also noch einige Petroleumlampen geholt, die die Küche, so erschien es mir, taghell erleuchteten. „Das muss für dich aber ganz schön anstrengend gewesen sein", meinte er. Endlich verstand mich jemand und glaubte mir. Ob bewusst oder unbewusst, traf mein Blick meine Mutter, und ich sah, dass sie weinte.

Mein Opa half, mich auf den Tisch zu legen, und der Doktor schaute mich mit seinen gütigen Augen an: „Jetzt wird es ein wenig kalt werden." Lokalanästhesie wie heute gab es nicht, in solchen Fällen wurde mit einem Kältemittel „vereist". Tatsächlich wurde die Stelle plötzlich eiskalt. Der Doktor musste die Beule aufschneiden, um den Inhalt zu entfernen. Als ich für einen Moment das blitzende Messer sah, dachte ich an meinen Vater und beschloss, genauso tapfer zu sein wie er.

Anschließend gab es noch drei Injektionen und einen ordentlichen Verband. Ich hatte den Eindruck, verschnürt zu werden wie ein kleines Paket.

„So, das hätten wir", sagte der Arzt zufrieden und bat meine Mutter um eine Schüssel mit heißem Wasser, um sich die Hände waschen zu können. „Ich komme in den nächsten Tagen ohnehin vorbei, da schaue ich wieder herein", verabschiedete er sich von mir. „Tapfer warst!" Und mit einem herzlichen „Grüß Gott!" verließ er die Küche.

Die Heilung schritt rasch voran und ich genoss die Fürsorge meiner Mutter sehr. Vor allem die folgenden Tage waren wunderbar, weil ich nicht in die Schule musste.

Wenn ich heute im Kino oder Fernsehen einen Tisch sehe, der von vielen brennenden Kerzen beleuchtet wird, bringt mir das jedes Mal die Erinnerung zurück, wie ich zwischen den Petroleumlampen auf dem Küchentisch lag und mit großem Mut ertragen musste, was damals unvermeidlich und für mich lebensrettend war.

Fliegerangriff

Obwohl die Gegend, in der wir lebten, bis auf gelegentliche Angriffe auf die Bezirkshauptstadt Gmünd von Bombardierungen verschont blieb, kam es doch immer wieder zu Überflügen im Grenzgebiet zu Tschechien. Man konnte also nie sicher sein, ob nicht doch ein Angriff bevorstand – und sei es auch nur, dass sich eine Bombenladung oder ein Tiefflieger zu uns verirrte.

Ich saß über meinen Hausaufgaben. Die ganze Zeit über hatte ich mich nicht richtig konzentrieren können, irgendetwas irritierte mich.
Ich sah beunruhigt auf und lauschte. An sich war alles still, kein Lüftchen regte sich.
Da war nur ein dumpfes Brummen, weit in der Ferne, mehr zu spüren als zu hören.

„Es kommen wieder Flieger", sagte meine Mutter. In der kleinen Küche lag mein Großvater schwer krank im Bett. Oma schälte gerade Erdäpfel, die Einlage für die obligate Stosuppe, eine saure Milchsuppe, die jeden Tag auf den Tisch kam.
Da wurde eine große Schüssel mitten auf den

Tisch gestellt und wir aßen gemeinsam daraus. Jeder hatte seinen eigenen Löffel, der in der Schublade unter der Tischplatte aufbewahrt wurde.

Mein Opa

Der Holzherd, auf dem die Mahlzeiten zubereitet wurden, hielt die Küche immer schön warm. Die übrigen Räume blieben in der kalten Jahreszeit, es war Frühjahr, unbeheizt. Auch der Nachbar hatte das Grollen vernommen und eilte zu uns herüber. „Ich hole sofort Hilfe, damit wir den Opa runterbringen können", sagte er und rief die anderen Männer zusammen. Sie bauten mit wenigen geübten Handgriffen aus zwei Stangen und einem großes Leinentuch eine Trage, um den Großvater in ein Versteck im Wald zu tragen. Dort, unweit des Hauses, hatten sie schon vor einiger Zeit einen Unterstand aus Tannenreisig gebaut (den wir Kinder natürlich sofort als tollen Spielplatz entdeckten). Die Männer legten den Opa vorsichtig auf die Trage und brachten ihn in den Wald. Aufgeregt liefen wir alle hinterher. Es war schon ein eingeübtes Ritual. Sobald Fliegeralarm gegeben wurde oder wir den Lärm der Bomberstaffeln hörten, flüchteten wir uns dorthin und versteckten uns. Auch wenn bis dahin noch nichts Schlimmes passiert war, war es doch jedes Mal ein höchst unbehaglicher Gang ins Ungewisse.

Als wir nun dicht gedrängt in dem Verschlag hockten und der Dinge harrten, die auf uns zukamen, sagte plötzlich der Verwalter des Gutshofes: „Wo ist denn die Strondlin?" Er meinte damit meine Oma. Jetzt erst fiel uns auf, dass meine Oma nicht mitgekommen war. Wir sahen einander ratlos an. Das Grollen wurde zum Dröhnen, wir sahen schon die dunklen Silhouetten der Bomber über uns. Wie sollten wir nach ihr suchen? Wer jetzt noch das Versteck verließ, konnte im Fall, dass Tiefflieger im Anflug waren, auf freiem Feld entdeckt werden. Doch meine Mutter kümmerte sich nicht um die Gefahr und rannte zurück zum Hof, um zu schauen, wo die Oma geblieben war.

Es blieb uns anderen nichts übrig, als abzuwarten und zu hoffen, dass es wieder gut ausgehen würde. Gut eine halbe Stunde verging, bis der Spuk vorbei war. Die Männer wagten sich wieder vorsichtig aus dem Versteck, die Frauen und wir Kinder blieben sicherheitshalber noch eine Weile dort. Nach einiger Zeit, da alles ruhig blieb, kamen die Männer wieder zurück, um uns zu holen. Auch den Großvater trugen sie wieder ins Haus zurück.

Meine Mutter erzählte uns später, als sie in die Wohnung kam, sei meine Oma in sich versunken vor dem Heiligenbild im Schlafzimmer gekniet und habe gebetet. Sie hatte sich nicht mehr ins Freie getraut, als sie bemerkte, dass wir schon alle weg waren, und zu sich gesagt: „Wird schon alles gut ausgehen, wenn der Herrgott es will!"

Bald darauf hat uns der Opa für immer verlassen.

Rückkehr nach Wien

Mittlerweile schrieben wir das Jahr 1945. Die Rote Armee hatte das Waldviertel besetzt und kam auch auf den Gutshof. Als es hieß: „Die Russen kommen", erfasste die Frauen, auch meine Oma und meine Mutter, so große Angst, dass sie durch die Fenster ins Freie stiegen und sich auf den angrenzenden Feldern versteckten. Die anwesenden Männer, allen voran der Verwalter, erwarteten die Ankömmlinge. Nachdem diese alles durchsucht und auf den Kopf gestellt hatten, wobei sie immer wieder nach Frauen fragten, zogen sie schließlich wieder weiter.

Wien war stark bombardiert worden, und auch dort waren die Russen bereits einmarschiert. Trotzdem beschloss meine Mutter, mit uns wieder nach Wien zurückzugehen.

Was dafür den Ausschlag gab, weiß ich nicht, doch zwei Gründe waren offensichtlich: Mein Bruder wurde krank und sie hielt es auch für mich für besser, wenn ich in Wien in eine Schule ging.
In diesen letzten Kriegstagen fuhren die Züge, wenn überhaupt, völlig ohne Fahrplan.

Den Weg von Alt Weitra nach Gmünd legten wir mit einer Schmalspurbahn zurück. Sie existiert noch heute und bietet Nostalgiefahrten an. In Gmünd galt es daher erst einmal, in einen Zug auf Normalspur umzusteigen. Die Strecke nach Wien war etwa 160 km lang, und die wenigen Waggons waren immer heillos überfüllt. Der Krieg, die seelischen Verwundungen, der unendliche Schmerz standen den Menschen ins Gesicht geschrieben.

Die Waggons hatten offene Plattformen, die beim Einstieg nur mit Eisenstangen gesichert waren. Drinnen machte uns ein freundlicher Herr auf einer Sitzbank etwas Platz. Nun hockten wir da, zwischen all den trübsinnigen und verzweifelten Menschen, meine Mutter mit dem Kleinen im Arm und mir an der Hand.

Etwa auf halbem Weg, an einem Bahnknotenpunkt, fuhr der Zug nicht mehr weiter. Niemand wusste, warum.
Ein stundenlanges, zermürbendes Warten war die Folge. Dann hieß es: „Alle aussteigen!" Wir mussten den Waggon verlassen und in einen anderen Zug umsteigen. Niemand nannte uns einen Grund, aber es fragte auch niemand, jeder war froh, dass es über-

haupt irgendwie weiterging. Zwischen die normalen Waggons waren auch Transportwaggons mit Ölfässern angekuppelt. Irgendjemand hob uns auf diese Fässer, und da hockten wir nun. Wenigstens saßen wir, wenn auch sehr unbequem. Für die Strecke, für die man im Bummelzug heute etwa zweieinhalb Stunden braucht, benötigten wir insgesamt sechzehn Stunden. Eine gute Stunde waren wir bereits unterwegs gewesen, um nach Gmünd zu kommen, also dauerte unsere Reise schon siebzehn Stunden. Wir waren müde, erschöpft und hungrig.

Aber es kam noch schlimmer.

Da in Wien vom September 1944 bis März 1945 die stärksten Bombardierungen durch die Alliierten stattgefunden und die deutschen Verbände bei ihrem Rückzug auch die Brücken über die Donau beschädigt hatten, mussten wir vor der Donaubrücke aussteigen und über einen provisorischen Holzsteg über den Fluss gehen.

Wir waren am Ende unserer Kräfte. Wir konnten einfach nicht mehr.
Der Kleine schlief, ich weinte. Als ich die Trümmerhaufen sah, entstand ein völlig neues Bild für mich, das mir Angst machte.

oben: Notsteg über die Floridsdorfer Brücke 1945
unten: Bombentreffer, Ringstraße vor der Universität

Nur meine Mutter war ruhig und schien unermüdlich. Ihr unerschöpflicher Lebenswille und die Verantwortung für uns Kinder trieb sie immer wieder an. Ich beuge mich heute noch in Demut und Dankbarkeit vor meiner Mutter, wie sie das alles schaffte.

Zum Glück wohnte eine Schwester meiner Mutter, Tante Christel, in der Nähe der Brücke, und wir konnten uns dort erst einmal ausruhen. Unsere Wohnung lag am anderen Ende von Wien.

Am nächsten Tag zogen wir dann zu Fuß weiter durch die Stadt. Große Teile des Straßenbahnnetzes waren durch die Bomben zerstört, und die Verkehrsbetriebe setzten alles daran, so schnell wie möglich wieder einen geregelten Verkehr zu gewährleisten.

Wir konnten zwar ein Stück mit der Straßenbahn fahren, es dauerte aber trotzdem einige Zeit, bis wir zu unserer Wohnung gelangten. Ich war sehr überrascht, denn so groß hatte ich das Haus nicht in Erinnerung gehabt. Zum Glück fanden wir den Gemeindebau und die Wohnung unversehrt, bis auf wenige Schäden an der Fassade. „Gott sei Dank! Das hätte uns noch gefehlt", sagte meine Mutter erleichtert.

Meinem Bruder ging es in der Zwischenzeit so schlecht, dass meine Mutter ihn sofort ins Krankenhaus brachte. Nach einigen Tagen der Ungewissheit teilten die Ärzte meiner Mutter mit, dass es leider keine Rettung gebe.
Auch in der medizinischen Versorgung waren zu dieser Zeit kaum Ressourcen vorhanden und außerdem vieles, das heute selbstverständlich ist, noch gar nicht möglich. Ich glaube mich zu erinnern, dass öfter von Krebs die Rede war. Was immer es auch war, für meine Mutter war es die Hölle.

Wir fuhren am nächsten Tag gemeinsam ins Krankenhaus. In den Außenbezirken waren die Straßenbahnen nicht so stark in Mitleidenschaft gezogen. Meine Mutter hatte offenbar eine Vorahnung, weil sie mich mitnahm. Ich sah meinen kleinen Bruder fast nicht unter den vielen Schläuchen, die an seinem zierlichen Körper befestigt waren. Meine Mutter war einer Ohnmacht nahe, und ein Arzt kümmerte sich gleich um sie.

Ich weiß heute nicht mehr, wie wir nach diesem Schock nach Hause kamen. Zwei Tage später kam meine Mutter vom Krankenhaus mit der traurigen Nachricht heim: „Dein liebes Brüderlein hat uns für immer verlassen."

Der Alltag

Nach diesen schweren Zeiten begann ein neues Kapitel für uns alle. Meine Mutter brauchte dringend Arbeit, um uns zu ernähren, und ich musste in die Schule.

Zwar war der Weg dorthin wesentlich kürzer als im Waldviertel, aber der Schulbetrieb war eine große Umstellung für mich. Statt einer Lehrerin hatten wir nun einen Lehrer, der strenger war, aber wenigstens alle Kinder gleich behandelte. Die Hausaufgaben wurden auch immer umfangreicher und waren nicht so einfach zu erledigen wie auf dem Land.

Am Nachmittag gab es kein Spielen in der freien Natur. Der Gemeindebau hatte zwar zwei große Höfe mit Grünflächen, wo wir spielen durften, aber es war überhaupt nicht zu vergleichen mit meinem geliebten Wald und den Wiesen und Obstbäumen im Waldviertel. Außerdem gab es hier einen Hausbesorger, der für alles verantwortlich war. Mit dem gab es immer wieder Ärger, wenn wir mit dem Ball spielten und dabei mehr oder weniger ungewollt die eine oder andere Glasscheibe einer Laterne oder die Beleuchtung einer Stiegennummer zu Bruch ging. Auch die Hausbewohner, deren Fenster zum Hof hin gingen, waren nicht begeistert von unserem Geschrei. Doch irgendwo mussten wir ja einen Platz zum Spielen haben.

Unser Gemeindebau in Wien-Favoriten

Wir wohnten in Favoriten, dem zehnten Wiener Gemeindebezirk, der unter russischer Besatzung stand. Wien war ja im April 1945 zunächst zur Gänze von der Roten Armee besetzt, aber Anfang September unter den vier Siegermächten aufgeteilt worden. Die Bezirke zwei, vier, zehn und zwanzig bis dreiundzwanzig blieben in russischer Verwaltung, die Bezirke sieben, acht, neun, siebzehn, achtzehn und neunzehn übernahm die US-Armee. Die Bezirke drei, fünf, elf, zwölf und dreizehn wurden zur britischen und die Bezirke sechs, vierzehn, fünfzehn und sechzehn zur französischen Besatzungszone. Den ersten Bezirk verwalteten alle Besatzungsmächte gemeinsam.

In unserem Wohnblock der Gemeinde Wien gab es zweiundzwanzig Stiegenhäuser, die alle vom Hof aus zugänglich waren. Bei uns auf der Stiege eins war eine Kommandantur der Russen untergebracht. Das erwies sich als großes Glück, denn hier trauten sich die Soldaten niemals, Frauen zu belästigen, was auf anderen Stiegen – wie so oft in den Kriegszeiten – leider vorkam. Wir Kinder hatten von den Soldaten nichts zu befürchten. Im Gegenteil, wir bekamen oft Süßigkeiten geschenkt, und die schon etwas Älteren wurden auch manchmal zum Zigarettenrauchen verführt.

Die Lebensmittel waren rationiert, es gab Lebensmittelkarten, die anfangs jeder Person etwa 800 Kalorien pro Tag in Form von Brot, Fett und Erbsen zuteilten. Man kann sich vorstellen, wie gering die Mengen waren, die dieser Kalorienzahl entsprachen. Ich glaube,

bei Brot waren es 250 Gramm. Aber sogar das war nur selten der Fall, meistens wurde nur die Hälfte ausgegeben.
Aber selbst aus diesen wenigen Lebensmitteln zauberte meine Mutter noch essbare Menüs.

Das Gas wurde oft abgesperrt, und wir mussten uns mit einem „Hausfreund" behelfen, um etwas zu kochen. Das war eine primitive Blechkonstruktion, die man auf den – bei uns ohnehin nicht sehr großen – Zimmerofen stellte, bei dem vorher der Deckel entfernt wurde, um seinen Rauchabzug verwenden zu können. So manches Möbelstück ging damals als Heizmaterial zu Grunde, und ausgerechnet in den Jahren 1945 und 1946 waren die Winter sehr streng.

Ein besonderes Erlebnis ist mir noch in Erinnerung. Vis-a-vis von unserem Haus war ein kleiner Laden, der zu einer großen Brotfabrik gehörte. Davor stand eine lange Menschenschlange, um das wenige Brot zu erhalten. Plötzlich sagten die Verkäuferinnen: „Es gibt kein Brot mehr", und schlossen einfach den Rollbalken.
Die Menge war aufgebracht und schimpfte gewaltig. Da kamen ein Offizier und ein Soldat vorbei. Als der Offizier die Situation er-

fasst hatte, befahl er dem Soldaten, mit seiner Maschinenpistole auf den Rollbalken zu schlagen. Der hörte damit nicht auf, bis der Balken wieder hochgezogen wurde. Der Offizier hielt den Verkäuferinnen seine Pistole vor die Nase und befahl dem Soldaten, alles noch vorhandene Gebäck unter der Menge zu verteilen.

Ähnliche Situationen kamen auch in anderen Bezirken vor, die von englischen, französischen oder amerikanischen Truppen besetzt waren. In dieser Zeit und auch in den nächsten Jahren blühten die so genannten „Hamsterfahrten". Leute fuhren aus den Städten mit dem Zug aufs Land, um ihre noch vorhandenen Wertsachen bei den Bauern gegen Lebensmittel einzutauschen.

Verpasste Karrieren

Agnes, eine andere Schwester meiner Mutter, hatte im selben Bezirk ein kleines Kaffeehaus, und meine Mutter konnte dort mithelfen, um ein wenig Geld zu verdienen. Somit verbrachte auch ich viel Zeit dort, spielte mit den Töchtern der Tante, Hedi, die etwas älter war, und Helga, die um einige Jahre jünger war als ich, und unterhielt die Gäste.

Ich erinnere mich besonders gerne an einen Kunstmaler, der dort in einem Extrazimmer sein Atelier eingerichtet hatte. Er malte Ansichtskarten und Landschaftsbilder. Oft passierte es mir, dass ich, wenn ich zu genau hinsah, nicht nur mit den Augen, sondern auch mit den Fingern, etwas verwischte, und er musste dann diese Stellen wieder kaschieren. Aber er wurde niemals böse und trug es mit Humor. Wir hatten eine anregende Zeit miteinander, und er erklärte mir viel. Seit dieser Zeit habe ich die Liebe zur Malerei in mir, aber erst Jahre später wurde sie zu meinem Hobby.

An Lokalen und Wohnhäusern gab es damals häufig Schilder zu sehen, auf denen stand:

„Musizieren und Hausieren verboten!"
Doch ungeachtet dessen stand vor dem Lokal meiner Tante oft ein Geigenspieler und brachte Musikstücke zu Gehör, um sich ein paar Groschen zu verdienen. Ich konnte nicht genug zuhören und war von dem Instrument so begeistert, dass ich unbedingt lernen wollte, Geige zu spielen. Es dauerte eine ganze Weile, doch eines Tages überraschte mich meine Mutter mit einer Violine. Ich war überglücklich. Nun besaß ich eine „Dreiviertelgeige"!

Warum „Dreiviertelgeige"? Für Kinder gibt es Geigen in reduzierten Größen, die nach Viertel- und Achtelschritten benannt werden. Maßgeblich für die Wahl der Geigengröße ist das Alter der Kinder, obwohl sie sich in Wirklichkeit mehr nach der Größe des Kindes richtet und weniger nach dem Alter.

Eine „1/4-Geige" zum Beispiel ist für ein Kind von 6 bis 8 Jahren, eine „3/4-Geige" für das Alter von 10 bis 12 Jahren gedacht, also wäre für mich eine „halbe Geige" angemessen gewesen. Aber da ich nicht zu den Kleinsten zählte und um nicht bald wieder umsteigen zu müssen, bekam ich gleich das größere Instrument.

Eine Lehrerin in meiner Schule empfahl meiner Mutter, mich in eine private Musikschule zu schicken. Das war natürlich mit Kosten verbunden, aber ich lernte und übte fleißig und konnte bald kleine Erfolge aufweisen. Mein Lieblingsstück war das Volkslied „Du, du liegst mir am Herzen", das ich bei Konzerten zum Besten gab, die für die Eltern der Schüler gegeben wurden. Aber, wie so oft im Leben, machte das liebe Geld einen Strich durch die Rechnung. Um weiter zu kommen, wäre es notwendig gewesen, auf ein Konservatorium zu wechseln. Leider reichte mein Talent nicht für ein Stipendium, und für meine Mutter war ein Konservatoriumsbesuch finanziell nicht tragbar, so sehr sie mir dies auch gewünscht und mich gerne gefördert hätte. So musste ich wohl oder übel den Traum, ein Violinsolist zu werden, begraben.

Eines Tages kam ein Mann in das Kaffeehaus, setzte sich an einen Tisch beim Fenster und schrieb unentwegt etwas in ein Buch. Nach einiger Zeit rief er meine Mutter und mich zu sich. Meine Mutter war ein wenig misstrauisch, nahm meine Hand und ging mit mir zu ihm an den Tisch.

Er stellte sich als Aufnahmeleiter und Produzent einer Filmgesellschaft vor und meinte, er suche so einen Buben wie mich für einen Spielfilm und würde gerne Probeaufnahmen mit mir machen. Was er meiner Mutter noch alles erklärte, bekam ich nicht mehr mit, denn sofort fing ich zu heulen an und sah im Geiste schon, wie ich entführt wurde. Nichts in der Welt hätte mich von meiner Mutter trennen dürfen. Somit vergab ich wohl auch die Chance auf eine Weltkarriere als international gefragter Schauspieler.

Bei den Engländern

Kurze Zeit später musste meine Tante das Kaffeehaus aufgeben. Es war finanziell nicht mehr tragbar. Es kamen nur mehr wenige Gäste, somit kam kein Geld für neue Waren herein, aber es waren ja auch keine Waren zu bekommen, doch die Miete war zu jedem Ersten des Monats fällig.

Wie so viele in dieser Zeit verlor meine Tante später durch die Abwertung viel Geld. In Österreich war seit 1938, nach dem Anschluss an Deutschland, die Deutsche Reichsmark die geltende Währung gewesen. 1945 wurden wieder Schilling und Groschen eingeführt, doch jeder durfte nur 150 Reichsmark in Bargeld wechseln, der Rest kam auf ein Sperrkonto. 1947 kam es zu der Abwertung, und ein Drittel des Geldes auf den Konten wurde vom Staat für den Wiederaufbau einbehalten.

Nachdem das Kaffeehaus verkauft war, mussten sich meine Tante und meine Mutter Arbeit suchen. Die Christel-Tante, bei der wir damals nach unserer Rückkehr aus dem Waldviertel übernachtet hatten, arbeitete als Köchin bei einem englischen Offizier in einer

Villa im dreizehnten Wiener Gemeindebezirk. Sie brachte ihre beiden Schwestern in der Küche als Küchenhilfen unter. Das erwies sich als großer Vorteil für unsere Verpflegung. Die drei Schwestern haben einander auch später immer wieder bei der Arbeitssuche geholfen.

Verwöhnt waren wir ja nicht, Erbsen- und Bohneneintopf waren die Regel. Plötzlich gab es alles, was das Herz begehrte: Schokolade, Fleisch und ganz leckeren Milchreis sowie Obstsorten, die ich bis dahin gar nicht gekannt hatte.

Die Krönung war aber, dass meine Tante meine Firmpatin wurde und die Herren Offiziere für die Feier meiner Firmung aufkamen. Wir genossen eine Fiakerfahrt, einen Besuch im Wiener Prater, wo schon wieder einiges aufgebaut war, und eine Fahrt mit einem Jeep – mit einem englischen Chauffeur, versteht sich – auf den Kahlenberg, einen Ausflugsberg der Wiener.

Es schmeichelte mir, dass die Herren offenbar einen Narren an mir gefressen hatten und mir manchmal erlaubten, einen Freund mit in die Villa zu bringen, was natürlich mein Ansehen in meiner „Clique" hob. Auch die Kinder meiner Tanten waren öfter zu Besuch.

Fußball

Das Schlimme in dieser Zeit war, dass ich sehr viel allein zu Hause war, ein so genanntes „Schlüsselkind". Die Mama war ja in der Arbeit, und immer durfte ich ja nach der Schule nicht zu ihr. Zum Glück hatten wir liebe Nachbarn, wo ich öfter etwas zu essen bekam, wenn meine Mutter kein Mittagsessen vorbereitet oder nichts mitgebracht hatte. Sie kochte immer erst am Abend, wenn sie heimkam, und oft blieb halt für mich für den nächsten Tag nichts übrig.

Im Gemeindebau gab es viele Gleichaltrige, sodass ich und ein paar andere, die wie ich den ewigen Ärger mit dem Hausbesorger schon satt hatten, uns entschlossen, einem Fußballverein beizutreten, um unserer Leidenschaft ungestört frönen zu können. Meine Mutter war froh darüber, denn jetzt wusste sie, wo ich meine Freizeit verbrachte, und gab mir die Erlaubnis dazu.

Gleich auf der anderen Straßenseite war der Fußballverein „Straßenbahn" der Wiener Verkehrsbetriebe, den es seit 1912 gab. Er verfügte über zwei Plätze, einen für das Training und den anderen für die Spiele. Nur der Spielplatz hatte einen Rasen, der natürlich wie ein Heiligtum behandelt wurde und für uns Knirpse tabu war.

Wir wurden tatsächlich zu viert aufgenommen, nachdem auch die Mütter der drei anderen Buben zugestimmt hatten – unsere Väter waren ja noch in Kriegsgefangenschaft.

Wir wurden gleich in die „Knabenmannschaft" zu den 10- bis 12-Jährigen gesteckt. Heute werden diese Nachwuchsmannschaften U-10, U-14 usw. genannt. Aus den Reihen dieses kleinen Vereins gingen später bekannte Namen des österreichischen Fußballs hervor.

Fast jeden Tag marschierten wir nach der Schule auf den Übungsplatz und konnten dort ungehindert Fußball spielen. Ein richtiges Training mit Trainer und Dressen gab es zweimal pro Woche. Die Fußballschuhe mussten wir selbst kaufen, was natürlich unser bescheidenes Budget sehr belastete, denn solche Schuhe waren nicht billig, und vor allem war abzusehen, dass ich bald herauswachsen würde.

Aber wie immer erfüllte mir meine Mutter meine Bitte. Ich kann mich eigentlich an keinen Wunsch erinnern, der mir von meiner Mama nicht erfüllt worden wäre. Gut, die Wünsche waren damals eher bescheiden im Vergleich zu jenen, welche die Kinder heute, von Werbung und Fernsehen angeregt, an die Eltern herantragen – aber die Möglichkeiten, sie zu erfüllen, oft noch bescheidener.

Bevor wir allerdings mit dem Training auf dem Übungsplatz beginnen durften, wurde dieser von herumliegenden Steinen befreit, damit wir uns bei einem Sturz nicht verletzten. Und das mussten wir natürlich selber erledigen.

Bald wuchsen wir zu einer richtigen Mannschaft zusammen und durften gegen andere Mannschaften spielen und später sogar an der Meisterschaft teilnehmen.
Heute muss ich lachen, wenn ich lese, mit welchen Gagen schon die Kleinsten gelockt werden und unter welchen Bedingungen sie trainieren dürfen. Für mich ist es heute noch unverständlich, dass wir die Fahrkarten in der Straßenbahn selbst bezahlen mussten, wenn wir zu anderen Vereinen fuhren, obwohl wir doch beim Verein „Straßenbahn" spielten.

Besonders ist mir ein Spiel im Frühjahr 1946 gegen den Verein „Donaustadt" in Erinnerung geblieben. Wir gewannen dieses Spiel, und als Siegesprämie wurden Würstel, Limonade und Semmeln ausgeteilt. Aber über das Würstelpaar durften wir uns nicht einzeln freuen, sondern auch paarweise, weil wir es mit einem anderen Spieler teilen mussten – also bekam jeder „ein" Würstel, eine Limo und eine Semmel.

So ändern sich die Zeiten. Heute würde nicht einmal der kleinste Kicker für so eine Gage seine Schuhe anziehen.

Trotzdem war es schön und wir waren mächtig stolz, wenn auch öfter die Tränen flossen, wenn, was mir auch öfter passierte, ein Elfmeter verschossen, oder ein Spiel verloren wurde. Es war eine schöne Zeit, und ich war bei dem Verein bis zu meinem 14. Lebensjahr gemeldet.

Endlich wieder Ferien

Inzwischen hatte sich in meinem „Paradies" auch einiges verändert. Nach dem Tod des Großvaters zog meine Oma abwechselnd zu ihren Söhnen. Zwei meiner Onkel, Josef und Leopold, hatten im Dorf unweit des Gutshofes ihre Häuser, der dritte, Onkel Franz, wohnte weiter weg.

Zuerst war die Oma beim Onkel Leopold, der Holzarbeiter war wie ehedem sein Vater.

Natürlich besuchten wir die Oma, wo sie gerade wohnte, so oft wir konnten. Es gab aber immer eine gewisse Eifersucht, wenn wir nicht auch gleich bei den anderen Verwandten anklopften. Durch den Krieg war die Familie trotz den räumlichen Entfernungen wieder enger zusammengerückt. Bei den beiden, die im Dorf lebten, war der gemeinsame Besuch kein Problem. Doch wenn der Onkel Franz erfuhr, dass wir bei der Oma und seinen Brüdern waren, war er immer ein wenig enttäuscht, wenn wir nicht auch ihn besuchten. Es war aber wegen der großen Entfernung nicht so einfach, ohne Auto oder Fuhrwerk dort hinzukommen.

Zuerst der Fußmarsch zum Bahnhof. Dann gut eine halbe Stunde Fahrt mit der Schmalspurbahn, natürlich nur, wenn sie auch wirklich fuhr. Zuletzt wieder gut eine ¾ Stunde Fußmarsch zum Haus. Und danach das Ganze wieder retour.

Das Haus vom Onkel Leopold lag an einem kleinen Bach, und man musste über eine Holzbrücke gehen, um es zu erreichen. In unmittelbarer Nähe stand eine Kapelle, wo Tante Maria jeden Abend die Glocke läuten musste. Sie kümmerte sich auch um den Blumen- und Kerzenschmuck. Eine richtige Kirche gab es nicht, dazu war der Ort zu klein.

Dieser Bach war für uns Kinder ein idealer Spielplatz. Onkel Leopold hatte einen Sohn, der Josef hieß und in meinem Alter war.
Natürlich waren auch die Kinder von Onkel Josef immer wieder bei unseren Späßen dabei, Hermann, Pepi, Franz, Anna und Mizzi, und ich erinnere mich, dass manchmal auch die Cousinen und Cousins aus Wien zu Besuch hier waren. So waren wir oft sieben bis acht Kinder, die hier herumtollten.

Für mich war es ideal, zwei Onkel so nahe beisammen zu haben, ich konnte von einem Haus zum anderen laufen. Weiden säumten den Bach, in dem auch herrliche Fische schwammen.

Immer wieder und mit großer Geduld stauten wir mit Steinen und Zweigen den Bach auf, um die Fische unter den herabhängenden Ästen und Ausbuchtungen des Ufers fangen zu können. Eine Angel hatten wir nicht, so versuchten wir es mit den Händen. Das war nicht sehr erfolgreich, aber wir hatten einen Heidenspaß dabei. Eines Tages kam einem Cousin die Idee, einen kleinen geflochtenen Einkaufskorb an eine Schnur zu hängen und unter Wasser durch den Bach zu ziehen. Heute machen es die großen Fischfangflotten mit ihren Schleppnetzen auch nicht wesentlich anders. Es gelang uns auf diese Weise tatsächlich, den einen oder anderen ansehnlichen Fisch zu fangen.

Aber es war nicht nur alles Spiel. Wir mussten auch anpacken und das Futter für die Tiere herbeischaffen.

Alle Onkel, wie die meisten in dieser Gegend, waren so genannte „Kleinhäusler". Die Männer gingen einer Arbeit nach, die Frauen und Kinder kümmerten sich um die Tiere und auch um die Feldarbeit, wenn genug Land vorhanden war. Im Stall standen meistens eine Kuh und zwei Ziegen. Auch Hühner und ein Schwein gehörten oft zu dieser Wirtschaft. Das Haus vom Onkel Leopold war so klein, dass Stall, Futterkammer und die Wohnräume dicht nebeneinander lagen.

Im Hausflur war links die Stalltür und rechts die Tür zur Futterkammer. Über fünf Stufen erreichte man die Küche und dahinter die Wohnstube sowie ein kleines Zimmer für die Oma. Onkel und Tante hatten noch einen kleinen Schlafraum, in dem auch mein Cousin schlief. Den heutigen Luxus, dass fast jedes Kind ein eigenes Zimmer hat, gab es nicht, schon gar nicht so kurz nach dem Krieg.

Wenn wir zu Besuch waren, wurden in der Wohnstube zwei zusätzliche Feldbetten aufgestellt.

Da das Futter täglich frisch sein musste, lernten wir Kinder schon früh, mit Sense und Sichel umzugehen. Mein Onkel hatte dazu etwas weiter weg vom Dorf einige kleine Felder, auf denen Getreide und Kartoffeln angebaut wurden. Auch hier mussten wir Kinder mithelfen. Da das Getreide mit der Sense gemäht wurde, musste es von Hand aufgenommen werden, was nicht immer sehr angenehm war, weil sich viele Disteln unter

oben: Getreidefeld
unten: als „Kornmandln" aufgestellte Getreidegarben

das Getreide mischten, die ganz schön stechen konnten. Wir banden das Getreide zu kleinen Garben, die dann zu so genannten „Kornmandln" zusammengestellt wurden.

Später holten wir sie zum Dreschen mit einem Fuhrwerk ins Haus. Auch diese Arbeit wurde damals von Hand gemacht. Man legte das Getreide auf dem Boden der Tenne auf, und meist drei kräftige Burschen gingen mit dem so genannten Dreschflegel zu Werke – einem runden, etwa sechs Zentimeter dicken Holzprügel, dem „Schlegel", der mit einem beweglichen Lederband an einem Holzstiel befestigt war. Sie gingen im Kreis um das Getreide und schlugen in einem bestimmten Rhythmus darauf ein, um die „Spreu vom Weizen" zu trennen. Das leere Stroh wurde dann entfernt und für die Weiterverarbeitung gelagert. Das Korn füllte man in Säcke und stellte einen Teil für die Mühle beiseite, um daraus Mehl zu mahlen. Der andere Teil wurde als Tierfutter gelagert.

Dieses Dreschen mit dem Dreschflegel war eine sehr rhythmische Angelegenheit. Schon von weitem hörte man es, wenn in den Häusern gedroschen wurde. Eins, zwei, drei – eins, zwei, drei – eins, zwei, drei klangen die dumpfen Schläge der Dreschflegel auf den

Scheunenböden. Früher waren selbst auf einem kleinen Feld zwei Mäher und vier Helfer nötig, um das geschnittene Getreide zu Garben zu binden und die Mandln aufzustellen. Heute fährt eine Maschine über das Feld und erledigt alles in einem Arbeitsgang.

Ich erinnere mich auch gerne an die Brotzeiten in der Mittagspause. Wir hockten uns an den Rand des Feldes und genossen, im wahrsten Sinne des Wortes im Schweiße des Angesichts, unser Brot und Wasser, das wir von nahe gelegenen Quellen holen konnten.

Auch die Erdäpfelernte war schwerste Handarbeit. Sie war nach der Getreideernte an der Reihe.

Die im Frühjahr gesetzten Kartoffeln, „Erdäpfel" genannt, wurden ab September aus dem Boden geholt. Die Knollen wurden mittels Haue oder mit Gabeln freigelegt und dann in mühevoller, gebückter Haltung in Körben oder Säcken gesammelt.

Die Kartoffelstauden ließ man auf dem Feld trocknen. Da nicht alles auf einmal geerntet wurde, war meistens schon ein Teil der Stauden dürr, wenn die letzten Knollen aus der Erde geholt wurden.

Die trockenen Stauden wurden auf dem Feld angezündet, danach warfen wir immer ein paar Kartoffeln in die Glut. Ein Hochgenuss – nie wieder habe ich bessere Kartoffeln gegessen.

Heimkehr des Vaters

Eines Tages gegen Ende des Jahres 1946, es war schon Abend, klopfte es an unsere Wohnungstüre. Als ich öffnete, stand mir ein fremder Mann gegenüber. Ich war misstrauisch und wollte schon die Türe wieder zumachen, da schrie meine Mutter, wie ich sie noch nie schreien gehört hatte: „Nein, das ist der Papa!!"
Endlich wieder zu Hause, nach vielen Jahren im Krieg und in Gefangenschaft. Jetzt kam eine Zeit großer Veränderung in unserem Leben. Erst jetzt lernte ich kennen, was eine Familie ist. Meine Mutter war ja all die Jahre meine einzige Bezugsperson gewesen, daneben natürlich auch noch die Großeltern und Tanten.

Mein Vater fand sich schnell wieder in der Heimat zurecht. Er konnte bald wieder in jener Firma als Verkäufer zu arbeiten beginnen, bei der er vor dem Krieg tätig gewesen war. Einen Nachteil hatte seine Rückkehr aus meiner Sicht: Er verbot meiner Mutter, weiter bei den Engländern zu arbeiten. Ich war darüber sehr enttäuscht, weil ich dort immer verwöhnt wurde. Heute kann ich es verstehen, warum mein Vater so dagegen gewesen war. Es dauerte aber noch einige Zeit, bis meine Mutter den Dienst dort aufgeben konnte.

Es war ein langsames Kennenlernen zwischen meinem Vater und mir. Man darf ja nicht vergessen, dass ich nicht einmal drei Jahre alt war, als er zum Militär eingezogen wurde. Nach Kriegsbeginn habe ich ihn vielleicht ein- oder zweimal wiedergesehen, als er Urlaub hatte. Über seine Militärzeit erzählte er nie, wie viele andere Heimkehrer auch. Damals war es für mich auch nicht so wichtig, später allerdings hätte ich gerne mehr darüber erfahren, um manches besser verstehen zu können. Wenn wir uns gemeinsam die alten Fotos ansahen, auf denen er mit mir herumtollte, damals, bei den Besuchen in der ersten Kaserne, da glaubte ich zu bemerken, dass ein Lächeln in seinen Augen war.

Heute kann ich verstehen, dass so einschneidende Erlebnisse einen Menschen verändern können. Die Erlebnisse der Kriegs- und Nachkriegszeit haben auch mich und meine Einstellung geprägt, zu Müttern und Familie generell, zu den unsinnigen Kriegen, über die man täglich liest, und den Hunger auf der Welt.

Viele Menschen aus den späteren Generationen können sich nicht mehr in diese Zeit hineindenken. Vielleicht ist es auch gut so.

Unser Vater-Sohn-Verhältnis wurde immer besser, aber eine so enge Beziehung wie zu meiner Mutter, wie sie durch die gemeinsamen Erlebnisse und Schwierigkeiten entstanden war, hatte ich leider nie zu ihm.

Mein Vater wechselte später die Firma und arbeitete bei einem Raumausstatter. Um mehr Geld zu verdienen, ging er oft nach der Arbeit noch zu den Kunden, um dort Teppiche oder, was damals üblich war, Linoleum zu verlegen.

Anschließend kam er auch nicht immer gleich nach Hause, sondern ging ganz gerne in eine Gaststätte zum Kartenspielen, in welcher er auch Kassier eines Sparvereines war, wo man jeden Freitag einzahlen konnte. Meine Mutter nahm diese häufige Abwesenheit sehr mit. Sie hatte wenig Verständnis dafür, nach all den Jahren des Alleinseins nun wieder so oft allein gelassen zu werden, und es gab immer wieder Streitigkeiten deswegen.

Die Situation entspannte sich ein wenig, als mein Vater zum Leiter der Teppichabteilung avancierte und daher auch ein besseres Gehalt bekam.

Vermutlich ist auch das ein Grund, warum meine Beziehung zum Vater nicht so eng und herzlich war wie die zu meiner Mutter. Ich wollte nur, dass sie glücklich war. Insgeheim fühlte ich mich als ihr Beschützer.

Je älter ich wurde, desto mehr wollte ich ihr zurückgeben, was sie mir in den vielen Jahren, in denen wir allein gewesen waren, gegeben hatte. Aber heute weiß ich, wenn ich über alles nachdenke, dass es unmöglich war, ich konnte ihr nur meine Liebe geben.

Am Nebelstein

Die Ferien nach der 4. Klasse Volksschule waren etwas Besonderes. Die Grundschule hatte ich nun abgeschlossen, nach den Ferien sollte ich die Hauptschule besuchen. Mehr Gegenstände als bisher würden von mehreren Lehrern unterrichtet werden, es würde wieder eine Umstellung bedeuten und eine neue Herausforderung, die es zu meistern galt.

Wir fuhren zum ersten Mal zu dritt ins Waldviertel, mein Vater war ja jetzt auch dabei. Meine Eltern blieben allerdings nur kurze Zeit, da sie natürlich weniger Urlaub hatten als ich Ferien.

Es war gerade der Onkel Franz an der Reihe, unsere Oma zu beherbergen, daher verbrachte ich meine Ferien bei ihm. Er wohnte nahe der Grenze zur Tschechoslowakei, wie diese noch bis 1992 hieß, ziemlich weit entfernt vom Wohnort seiner Brüder in einer bergigen Gegend am Fuße des Nebelsteins. Dieser ist mit 1017 Metern eine der höchsten Erhebungen im nördlichen Waldviertel. Etwas südlich davon befindet sich sogar der höchste Berg des Waldviertels, der Tischberg, und wir waren sehr oft etwas weiter nördlich am Mandlstein, um Heidelbeeren zu pflücken und Pilze zu sammeln. Der 874 Meter hohe Mandlstein ist ein Grenzberg zu Tschechien, die Grenze verläuft unmittelbar unter dem Gipfel. Ein großes Mahnmal erinnert an das dunkle Kapitel der Vertreibungen Deutschsprachiger aus der Tschechoslowakei nach Kriegsende. Mein Onkel erzählte uns, wie er einmal vom Berg aus die Kolonnen der Vertriebenen marschieren sah. Noch heute werden am Mandlstein Gedenkfeiern an die Heimatvertriebenen von 1945 abgehalten.

Das Haus vom Onkel Franz lag ganz versteckt, von Wald umgeben, und um dorthin zu gelangen, musste man einen engen und steilen Forstweg benutzen. Diesen mit einem Fuhrwerk zu befahren, war entsprechend schwierig.

Von der Bahnstation St. Martin an der Schmalspurbahn, welche von Gmünd nach Groß Gerings fuhr, waren es fast drei Kilometer über Felder und durch einen Wald, die zu Fuß zurückzulegen waren.

Das Haus lag da, wie man sich das Knusperhäuschen aus „Hänsel und Gretel" vorstellt.

Bahnstation St. Martin

Auch Onkel Franz war Waldarbeiter.
Die Arbeit auf den Feldern und mit dem Vieh erledigte meine Tante Resi mit den Kindern, Christel, Maria und Franz. Auch ich half immer gerne mit, wenn ich in den Ferien zu Besuch war.

Da das Waldviertel besonders geheimnisvoll und mystisch war und heute noch ist, gibt es unzählige Sagen und Schauergeschichten darüber. Die Erwachsenen wurden nicht müde, uns Kindern damit immer wieder einen Schrecken einzujagen. Vom berüchtigten Räuberhauptmann Grasel war die Rede, von

der „Weißen Frau", die in den Wäldern ihr Unwesen trieb, von Gespenstern und anderen Sagengestalten.
Das führte dazu, dass wir, wenn wir allein in den Wald gingen auf Pilzsuche oder zum Beerenpflücken, hinter jeden Baum eine unheimliche, Furcht einflößende Gestalt erwarteten, die auf uns lauerte.

Eines Tages in diesem Sommer 1948 kamen Franz und ich auf die Idee, auf den Nebelstein zu gehen. Es war ein Marsch von gut eineinhalb Stunden.
Das erste Stück des Weges war kein Problem, denn im Wald um das Haus herum kannten wir uns sehr gut aus. Nicht nur, weil wir hier immer spielten, sondern weil wir auch die Streu für den Stall von hier holten. Je weiter wir uns aber vom Haus entfernten, desto unheimlicher wurde uns unser Vorhaben. Unser Weg führte vorbei an großen Felsblöcken, an denen sich Himbeerstauden hochrankten und die gelegentlich auch der einen oder anderen Schlange ein warmes Sonnenplätzchen boten. Je näher wir dem Gipfel kamen, desto deutlicher änderte sich auch die Landschaft. Weicher Moosboden und sumpfige Wiesen zeigten, dass wir in ein Moorgebiet geraten waren und höllisch aufpassen mussten, um nicht darin zu versinken.

oben: Waldviertler Granitblöcke
unten: Gipfelkreuz des Nebelsteins, 1017 m

Endlich trennte uns nur noch ein kleiner Anstieg vom Gipfel, da hörten wir unheimliche Laute. Da wir ohnehin den ganzen Weg über nur an die Schauermärchen hatten denken müssen, fiel uns nun fast das Herz in die sprichwörtliche Hose. Das waren wir, wagemutige Kletterer, denen plötzlich der Angstschweiß auf der Stirn stand!

Wir tasteten uns langsam von Baum zu Baum voran, um ja nicht bemerkt zu werden, und spähten hinter den Stämmen hervor, aber nichts war zu sehen. Doch weiterhin vernahmen wir diese Laute, die wir uns nicht erklären konnten. Es klang manchmal wie Klappern, dann wieder wie fernes Rufen oder Lachen.

Von dem Marsch ohnehin schon müde, machten wir eine kurze Rast und überlegten, was wir tun sollten.

Aber jetzt setzte sich unser Forscherdrang wieder gegen alle Bedenken durch und wir nahmen all unseren Mut zusammen und die letzten Meter in Angriff, komme, was da wolle. Erst knapp unter dem Gipfelstein erhielten wir freien Blick über das Gelände. Da fanden wir die unheimliche Lärmquelle: Es waren Arbeiter, die etwas bauten und die wir

Nebelsteinhütte um 1949
Federzeichnung von Helmuth Welzmüller

bis weit hinunter gehört hatten. Hier wurde nämlich gerade die „Nebelsteinhütte" errichtet, ein Schutzhaus des Österreichischen Alpenvereins, das man dann später, 1985, nochmals umgebaut und erweitert hat. 1947 hatte das Fürstenhaus, dem der Grund gehörte, die Genehmigung zum Bau gegeben. In früheren Jahren war hier nur ein Unterstand aus Holz gewesen, ähnlich wie sie bei Autobusstationen Verwendung finden.

Die Bauarbeiter und der Förster des Gutes, der gerade anwesend war, staunten nicht schlecht, als sie uns zwei wagemutige Knirpse sahen. Nach deren umfassender und eindringlicher Belehrung, ja auf den Weg zu achten und so schnell wie möglich auf direkter Route nach Hause zu gehen, traten wir etwas kleinlaut den Rückweg an. Unsere Expedition ging gut aus und wir kamen wohlbehalten zu Hause an.

Fallgrube

Ferienzeit, so sagt man, sollte die Zeit sein, in der Schüler sich erholen, aber in meinem Fall war es wohl eher so, dass ich erst in den Ferien so richtig „loslegte". Ich war immer froh, aus der doch arg zerstörten und von der Hektik von Besatzung und Wiederaufbau getriebenen Stadt in mein karges, aber friedliches Paradies zu kommen.

„Komm, ich zeig dir was", sagte eines Tages Cousin Franz zu mir. Das musste er nicht zweimal sagen, und wir verschwanden sofort aus der Küche.

Ohne ein weiteres Wort ging er voran, in den angrenzenden Wald hinein. Nach einiger Zeit bedeutete er mir, stehen zu bleiben, und sagte: „Fällt dir nichts auf?"
Ich schaute mich um, bemerkte aber nichts.
„Was soll mir auffallen?" antwortete ich.

Da zeigte er auf eine Stelle in etwa zwei Metern Entfernung. Ich sah genauer hin. Der Boden sah dort tatsächlich ein wenig anders aus als der übrige Waldboden.
Ich machte zwei Schritte, um die Sache näher

zu untersuchen, doch sein lautes „Stopp" ließ mich sofort wieder anhalten.

„Was ist los?", fragte ich erschrocken. Er lachte und ging mit mir vorsichtig zu der Stelle, holte einen dicken Stock hinter einem Baum hervor und schob damit einige Äste und Zweige beiseite, die ich für totes Unterholz gehalten hatte. Ich staunte nicht schlecht, denn darunter wurde nun ein Loch von ungefähr siebzig bis achtzig Zentimetern Tiefe sichtbar.

„Meine Fallgrube", sagte er stolz.
„Was willst du denn mit einer Fallgrube?", fragte ich.
„Na, Tiere fangen", antwortete er.
Ich war von der Idee gleich hellauf begeistert. Ich sah schon Kaninchen oder einen Frischling in der Grube zappeln. Die Ausführung allerdings erschien mir noch verbesserungswürdig.
„Die Idee ist ja nicht schlecht, aber es ist noch zu klein, da müssen wir uns noch etwas überlegen", sagte ich, und Franz stimmte mir zu. Nachdem wir das Loch wieder abgedeckt hatten, machten wir uns auf den Heimweg.

Nun schmiedeten wir einen Plan. Die Grube musste tiefer werden und auch der Durchmesser größer. Dazu benötigten wir erst einmal das passende Werkzeug. Schaufeln und Krampen, also Spitzhacken, hatte der Onkel ja in der Scheune. Daraus suchten wir uns natürlich die kleinsten aus.

Da es inzwischen schon dunkel wurde, verschoben wir unseren Plan auf den nächsten Morgen.
Wir wären gerne gleich nach dem Aufstehen in den Wald gestürmt, doch zuerst kamen die Morgenwäsche und das Frühstück. Das Waschen war für mich jeden Tag eine neue Herausforderung, eine der prägendsten Erinnerungen meiner Kindheit, die auch heute noch nachwirkt. Unter 28 Grad Wassertemperatur besteige ich keinen Pool.
Es gab ja zu dieser Zeit hier in der Gegend, und noch dazu in dem einsamen Waldhaus, nur einen Steintrog vor dem Haus, in den aus einem Rohr fortwährend frisches, eiskaltes Bergwasser floss. Nach meinem Gefühl hatte es eine Temperatur knapp über dem Gefrierpunkt. Mir hier die Zähne zu putzen war schlechthin unmöglich für mich. Nach dieser Tortur ging es zum Frühstück, das nach heutigen Begriffen ebenfalls bescheiden, aber auch sehr naturverbunden war: ein Stück Brot, etwas Butter darauf und ein Häferl Milch. Das Brot wurde einmal in Monat im

gemauerten Backofen gleich neben dem Haus gebacken. Wir Kinder durften immer die Brotlaibe, wenn sie heiß aus dem Ofen kamen, mit Wasser abwaschen, damit die Kruste schön knusprig wurde, das duftete so herrlich. Die Butter war meist am Vortag im Butterfass hergestellt worden, und die Milch bekamen wir frisch gemolken, also „kuhwarm" auf den Tisch.

Gleich danach ging es aber in die Scheune. Wir luden Schaufel und Krampen auf einen Schubkarren und fuhren damit in den Wald.

Drei Tage plagten wir uns ab und schufteten abwechselnd, um die Grube tiefer und größer zu machen. Es war sehr mühsam, weil der Boden hart und steinig war. Zudem deckten wir die Grube jeden Tag, bevor wir sie verließen, sorgsam ab.

Endlich war sie so, wie wir sie uns vorgestellt hatten. Wir waren sichtlich nervös und aufgeregt, als wir am nächsten Morgen losmarschierten, und sahen im Geiste schon ein Wildschwein oder Ähnliches in unserer Fallgrube.
Dort angekommen, fanden wir alles genauso vor, wie wir es verlassen hatten, nichts war eingestürzt oder zerstört. Wir sahen uns an

und konnten es nicht glauben.
Doch plötzlich stand der Onkel hinter uns. Er hatte mitbekommen, was wir heimlich im Wald trieben.

Er hatte absolut kein Verständnis für unsere Fallenstellerei. Wir hatten damit ja auch Menschen und vor allem, wegen der Nähe zum Haus, die eigene Familie in Gefahr gebracht. Tiere haben wir mit der Falle keine eingefangen, aber eine so saftige Rüge, so wütend hatte ich den Onkel selten gesehen.

Feldbegrenzung aus aufgeschichteten Steinen

Ich brauche wohl nicht zu erwähnen, dass wir unser schwer erschaffenes Werk unverzüglich wieder zuschütten mussten. Zur Strafe wurden wir dazu verdonnert, am nächsten Tag auf dem Feld gleich neben dem Haus Steine zu klauben. Das Waldviertel ist für seinen Reichtum an Steinen bekannt. Um Felder bearbeiten zu können, musste man sie meist erst von einer Vielzahl kleinerer Steine befreien, die aber wie von Geisterhand immer wieder „nachgefüllt" wurden.

Manchmal waren die Steine so groß, dass sie erst gesprengt werden mussten. Zu Mauern aufgeschlichtet, dienten sie an den Feldrändern als Begrenzung, darüber hinaus boten sie Schutz gegen den Wind.

Theaterprojekt

Wir brüteten eine neue Idee aus. „Gründen wir doch eine Theatergruppe", sagte Franz. Wir, das waren die beiden Mädels, Mizzi und Christel, und Franz und ich.

Als Bühne sollte die Scheune dienen. Eines der großen Scheunentore wollten wir für die Bühnendekoration nutzen, auf dem Boden davor wollten wir agieren. Die Zuseher sollten zu beiden Seiten auf Strohballen Platz nehmen.

Die Aufgabenteilung war bald klar. Die „Frauen" kümmerten sich um die Kostüme und wir „Männer" um den Bühnenaufbau. Naheliegend war natürlich, Stücke aus dem Bauernmilieu zu spielen oder eine der Sagen, von denen es ja im Waldviertel jede Menge gab.
Woher die Zuschauer kommen sollten, wussten wir nicht so genau, aber wir dachten, da wir am Sonntag ja ohnehin immer in die Kirche gingen, dass wir bei der Gelegenheit Zettel verteilen könnten oder welche beim Kaufmann aufhängen, der damals auch am Sonntag geöffnet hatte.

Als erstes Stück planten wir, die Sage vom „Steinernen Weiberl" zu spielen. Die habe sich im Nachbarort zugetragen, so wurde erzählt.

Wir ließen uns die Sage von den Erwachsenen nochmals genau berichten, dabei stellte sich aber heraus, dass es mindestens zwei Varianten gab. Etwa 1746 habe ein einsamer Wolf eine Frau angefallen und getötet, daraufhin sei der Wolf getötet und an dieser Stelle als Denkmal das „Steinerne Weiberl" errichtet worden. Wie sollte man das spielen, woher einen Wolf nehmen? Die zweite Version war, soweit ich mich erinnere, noch unglaubwürdiger.
Also beschlossen wir, den Räuberhauptmann Grasel als Hauptfigur zu nehmen.

Wir überlegten, einige Baumwipfel als Walddekoration zu verwenden und die Szene im Wald spielen zu lassen: Der Räuber sollte im Wald den reichen Bauern überfallen und das Diebesgut dann unter den Armen verteilen.

Jetzt musste eine kleine Textvorlage geschrieben werden. Da wir fanden, dass Frauen meistens einfallsreicher seien als Männer, überließen wir es den „Damen", etwas zu schreiben.

Woran wir aber in unserem Eifer nicht dachten: Meine Ferien gingen in wenigen Tagen zu Ende, und meine Eltern kamen, um mich abzuholen.
Also mussten wir das „Theaterprojekt" auf das nächste Jahr verschieben.

Das „Steinerne Weiberl"

Gewitter

Am Tag vor unserer Abreise war die Luft zum Schneiden, es war drückend heiß und schwül. „Heute kommt ein Gewitter", sagte die Resi-Tante.

Der Tag neigte sich zwar bereits, aber es wurde viel zu früh finster. „Wir müssen in den Stall gehen und die Tiere losbinden", sagte der Onkel. „Wenn es einschlägt, sind sie so schneller zu retten."

Er war kaum vom Stall zurück, als es losging. Blitze im Sekundentakt erhellten den Himmel, Donner auf Donner grollte und brüllte, dass man sein eigenes Wort nicht verstand. In der Küche bot sich ein gespenstisches Bild. Der grelle Strahl der Blitze wechselte sich mit der leicht flackernden Beleuchtung durch die Petroleumlampe ab.

Wir knieten alle am Boden und beteten ein Vaterunser nach dem anderen.

Ich habe in meinem ganzen Leben nie mehr so ein Gewitter erlebt. Etwas weiter weg schlugen Blitze in die hohen Bäume ein. Wie durch ein Wunder blieben unser Haus und der Wald in unmittelbarer Nähe verschont.

Es dauerte gut eine Stunde, bis der Spuk vorbei war. Als wir am nächsten Tag zur Bahn gingen, sahen wir die Schäden, die das Gewitter im Wald verursacht hatte. Etliche Bäume waren vom Blitz zerstört worden, überall roch es nach verbranntem Holz.

Ein neuer Lebensabschnitt

Auf diese Weise vergingen noch einige wunderbare Ferien, und obwohl wir Kinder immer mit anpacken mussten, waren es unvergessliche Zeiten. Das bisschen „Aktivurlaub" hat uns nicht geschadet, im Gegenteil, wir genossen die frische Luft und lernten eine Menge für unser späteres Leben.
Der Schulabschluss beendete schließlich die unbeschwerte Ferienzeit der Kindertage, an die ich mich in diesem Buch erinnere und die ich aus meiner eigenen Sicht erzähle. Ich wollte unbedingt Elektromechaniker werden, also musste ich mich um eine Lehre bemühen.
Natürlich war ich auch später noch öfter auf Urlaub in meinem „Paradies", aber die Besuche bei der Oma und den Onkeln – die Oma war inzwischen zu Onkel Josef gezogen – waren nicht mehr so regelmäßig. Meine Lehrzeit begann und andere Interessen, wie neue Freunde, Mädchen und das Leben eines erwachsen Werdenden, wurden für mich wichtiger.

Heute, im fortgeschrittenen Alter, besuche ich immer noch oft und gerne diese Orte meiner Kindheit und staune immer wieder, wie wenig sie sich im Grunde verändert haben.

Natürlich gab es Veränderungen, so wird z.B. der Gutshof nicht mehr bewirtschaftet und verfällt zusehends. In den Dörfern wurden neue Häuser und Straßen gebaut. Wo einst Menschen auf den Feldern arbeiteten, arbeiten heute Maschinen, im Wald hört man nur noch Motorsägen und nicht mehr das „Sch ... Sch" der Zugsägen, mit denen früher die Bäume mit Muskelkraft gefällt wurden.

Aber ich kann noch dieselben Wege gehen und die Wälder besuchen, und die Erinnerungen werden immer wieder wach.
Man liest Bücher oder die Kinder machen ihre Hausaufgaben bei elektrischem Licht, nicht mehr beim Schein einer Petroleumlampe. Am Sonntag fährt man mit dem Auto in die Kirche und geht nicht mehr 4 Kilometer zu Fuß.

Trotzdem – wenn ich heute dort hinkomme, ist es wie eine Heimkehr in mein „Paradies".

Alles hat seine Zeit!

Weitere Bücher des Autors:

Vom Leben geschrieben

ISBN 9783748178989
https://www.bod.de/buchshop/

Leseprobe:
Der erste Herbstabend

Draußen zog ein Sturm auf. Er peitschte die ersten Regentropfen gegen die Fenster von Jeannettes Wohnzimmer.

Gedankenverloren starrte sie auf das leere Whiskyglas auf dem Couchtisch. Eigentlich wollte sie aufstehen und sich etwas von ihrem Single Malt eingießen. Allein das Prasseln des Kaminfeuers erzeugte in ihr schon ein Gefühl wohliger Wärme und Geborgenheit. Sie lehnte sich auf dem Sofa zurück und schloss die Augen. Lange schon sehnte sie sich nach solch einem Abend. Gestern auf dem Nachhauseweg hatte es schon nach Regen gerochen, und sie hatte den nahen

Herbst gespürt. Langsam begannen die Bäume ihre Blätter abzuwerfen. Der Wind wurde spürbar kühler.

Jeannette liebte den Herbst, die frische Luft, die beim Öffnen der Fenster in das Zimmer strömte. Die leuchtenden Farben, welche die Natur jetzt zeigte und die auch ihren Garten so schmückten. Die Abende am Kaminfeuer.

Vom Leben geschrieben
Kurzgeschichten Teil II

ISBN 9783732234486
https://www.bod.de/buchshop/

Leseprobe:
Love me tender

Es ist ein wunderschöner, warmer Frühsommertag, der einlädt, das Haus zu verlassen, um die Natur zu genießen. Es ist daher auch einiges los auf den Straßen.
Eine Ampel steht auf Rot. Ein weißes Cabriolet mit

offenem Verdeck hält an. „Love me tender, love me sweet ...", tönt es aus dem Autoradio.
Der Fahrer summt die Melodie leise mit. „Love me tender, love me sweet ..." Die Rotphase der Ampel dauert länger, da noch eine Lokalbahn die Straße quert.

Zur selben Zeit ist eine junge Frau in ihrer Wohnung im 2. Stock des Hauses, das direkt an der Kreuzung steht, dabei, sich anzuziehen. Als das Handy klingelt, legt sie ihren BH auf die Fensterbank, um den Anruf anzunehmen. Doch ein plötzlicher Windstoß erfasst das gute Stück, schon schwebt es davon wie ein Luftballon. Entsetzt schaut die Besitzerin ihm nach und denkt nicht daran, dass sie sich jetzt mit nacktem Oberkörper aus dem Fenster lehnt.

Er schaut, gelangweilt von der Wartezeit, in der Gegend herum, da sieht er ein rotes, kleines Etwas herabschweben, das, schwupps, auf seinem Beifahrersitz landet.

Sie sieht den BH in das Auto fallen, er schaut nach oben, da steht eine junge Frau, oben ohne, am offenen Fenster. Ihre Blicke treffen sich...